맛있는 사람

심선화 단상집

purr
press

맛있는 사람

대부분의 음식은 시간이 지나면
자연스럽게 맛이 변해 버리기 마련이지만

숙성되고 점차 맛이 깊어져
계속해서 찾게 되는 음식이 있다.

사람도 마찬가지다.

곁에 오래두어도 변하지 않는 사람이 되자.
깊어질수록 맛이 나는 사람이 되자.

바쁘게 사느냐
급하게 사느냐

시간을 관리하느냐
시간에 메어 사느냐

같은 출발점에서 출발했다고
달리는 방법만 있다고 생각지 말자.

누구는 하늘 위를 날아가는 사람도 있고
누구는 땅속을 파고가는 사람도 있고
누구는 바다 위를 항해하는 사람도 있다.

바다 밑에서 하늘을 보는 것과
땅 위에서 하늘을 보는 것은
엄연한 차이가 있다.

현재 나의 위치에서
보는 게 다는 아니다.

내가 항상 옳고 가끔 남이 옳다.

아는 것을 가지고 잘난체하지 말고
옳은 것을 가지고 제대로 행동하자.

지식은 힘이지만,
올바른 행동은 세상을 바꾼다.

있어 보이려 하는 행동이
되려 없어 보인다.

이백만원 버는 사람이
이십만원짜리 가방을 사나

이천만원 버는 사람이
이백만원짜리 가방을 사나

누군가는 이십만원 벌어서
이만원짜리 가방을 살 뿐이야.

한때의 새해목표

연봉은 더하고
디자인에 거품은 빼며
이웃에 온정을 나누고
내 삶에 질은 곱한다.

구세군 냄비에 채워지지 않는 온정만큼
종을 흔드는 아이의 얼굴은
찬바람에 발그레져가네.

차마 채워주지 못하고
지나친 내 부끄럼만큼
뒤돌아선 내 발걸음 뒤로
내 얼굴도 벌게지네.

생일, 연휴, 공휴일, 크리스마스 등이
더 이상 특별한 날이라 여겨지지 않는 이유는
나에게는 매일매일이 특별한 날이기에.

'당신 좋으라고 한 일 아닙니다.
나 좋으라고 한 일입니다.' 라고
차마 말할 수 없어
당신을 위한 일이라 속이고 있진 않나요?

유행에 앞서가진 못하더라도
뒤처지진 말아야지.

유행에 뒤처지기 싫어
유행하는 옷과 신발 등을 산다면
최소한 '내년엔 입지 않겠다' 라는
마음가짐으로 사야지.

나와는 다른 생각을 하고
다른 취향을 가진
남과의 차이를 이해하고 인정하는 것보단
그냥 나와 다른 남을
'이상한 사람'으로 취급해버리는 게
자신을 지키는 일이라 생각하는 걸까?
아니면 이미 '이상한 사람'의 보편적인 의미로
단정해버리는 게 더 편해서 그러는 걸까?

넌 왜 작고 귀여워
그래서
넌 왜 자꾸 귀여워

나에게 넌

좁은 싱글 침대의 반을 내주어도 괜찮아.

달래야.

내 이름을 조금 더 자주
그리고 더 다정하게 불러주세요.
어디에 있든 내가 들을 수 있도록 말이에요.

나의 달래
2003 - 2017

'아무것도 한 거 없는데
왜 이렇게 피곤한지 모르겠어....'

아무것도 한게 없어서 피곤한 겁니다.

나보다 월등히 잘난 사람은 내 주변에 없다.
왜냐면 그 사람들은 나랑 안 놀아주니까.

나의 마음을 누군가가 알아주길 바란다면

많은 말을 해줘야 하고
많은 행동을 보여야 하고
많은 표현으로 느끼게 해야 한다.

눈에 보이지 않는 걸 증명하기란
어렵기 때문이다.

내 사랑은 당신의 세상을 향한
발걸음이고 싶습니다.

내 세상으로의 초대가 아닌
당신 세상으로의 방문이고 싶어요.

고난과 역경을 딛고 일어서는
드라마틱한 성공신화도 좋지만

유쾌하게 삶을 즐기면서 사는
사람의 인생도 좋지 않나요?

전자보다 후자가 더 이루기 쉬울 텐데
우리 쉽게 쉽게 살아요.

'넌 되게 쉽게 쉽게 사는 거 같다?'라는
비아냥을 들을 때가 있는데...

쉽게 산다고 막사는 건 아닙니다.

한때의 허세 시리즈

나에게 넌 일방통행
너에게 난 접근금지

그렇게 우린 넘어선 안될 중앙차선

오늘 난,
내 목숨을 걸고 가로질러 너에게 간다.

안전벨트 단단히 메라!

내 애인에게
내 아이에게
내 가족에게

'네가 나의 꿈이다.' 라고 말하지 마세요.

상대방의 꿈을 꿀 마음조차
뺏어버리는 말이 돼버릴지 몰라요.

내 꿈은 나로 인해 이뤄내는 것이지
다른 이로 하여금 이뤄낼 수는 없는 거잖아요.

못생겨서 불행했다.
이뻐져서 행복해지고 싶다. 렛미인

못생겨서 미안하다.
못생겨도 행복하다. 무한도전 못.친.소

외모에 대한 사회의 시선은 다양하지만
비슷한 주제를 가지고도
풀어내는 방식의 차이는
시작부터 다른 기준을 가지고
출발했기 때문이 아닐까?

못에서 살짝만 바꾸면 멋이 되요.
못났다고 핀잔 말고
멋있다고 격려해줘요.

서로 다른 가치관이나 취향에 대해 이야기하다 보면, 종종 "우리는 다르니까"라는 말로 대화를 마무리하려는 사람들이 있다. 물론, 너는 내가 아니고, 우리는 다른 게 맞아. 하지만 대화 중 굳이 그 사실을 확인할 필요는 없어. 그런 식으로 마무리하면, 대화가 더 이상 이어지지 않는다.

결국 서로 "다르다"는 사실만 확인하고
끝날 뿐이니까.

"다르다"는 걸 확인하는 것보다는,
"다름"을 인정하고 서로 이해하려는
대화가 필요하다.

하고 싶은 일도 없고
해야 할 일도 모르겠다면
어쩔 수 있나요
시키는 일이나 해야지.

나와 다른 선택을 하고
다른 길을 가는 사람을 질타하기보다는
응원하고 존중하려 한다.

내가 가지 못한 길을 걷는다는 건,
내가 내지 못한 용기와
내가 모르는 지식을 안고 나아가는 것이기
때문이다.

아무 이유 없이 좋을 수 있듯,
아무 이유 없이 싫을 수도 있는 법.

좋아할 자유가 있다면,
싫어할 자유도 있는 거야.

내가 너를 싫어한다고 해서
기분 나빠하거나 자책할 필요는 없어.

무언가를 싫어하는 이유는
대개 상대방이 아닌,
나 자신에게서 비롯된 문제니까.

'화장을 한 거랑 안 하 거랑 별 차이가 없으세요'는
'화장을 안 해도 이쁘세요'라는 뜻만은 아니야.
'둘 다 별로다'라는 식의 우회적 표현일 수도 있어.

내가 상대방에게 하는 행동은
상대방도 나에게 그렇게 해주길 바라는
마음에서 비롯되는 경우가 많다.

"내가 다 너를 위해서 그런 거야."

겉으론 상대방을 배려하는 듯하지만,
사실은 자기 이미지를 착하게 포장하고
책임을 교묘하게 남에게 넘기는
비겁한 변명 중 하나다.

세상이 들려주는 모든 이야기가 재미있다.

누구나 돈을 쓰며 살아가지만,
단지 쓰는 분야가 다를 뿐이야.

네가 쓰지 않는 분야에 내가 돈을 쓴다고 해서
"돈을 함부로 쓴다"거나
"너무 많이 쓴다"고 말하는 건

옳지 않아.

양쪽의 장단점을 염두에 두고
갈림길에서 고민하는 사람이
누군가에게 바라는 조언은

한쪽을 일방적으로 옹호하거나
비관적인 시각으로 바라보는 말이 아니다.

양쪽의 긍정적인 면을 함께 보고,
한쪽을 선택했을 때 따라올 결과에 대한
응원과 지지가 필요할 뿐이다.

상황에서 명대사가 나오는지
명대사를 써놓고 상황을 맞추는지
가끔 드라마를 볼 때마다 궁금해.

'나는 커서 뭐가 될까?'
나는 여전히 자라는 중이다.

예쁜 동물을 찾는 눈 보단
모든 동물은 예쁘다라는 생각이
더 아름다운법이죠.

'아무나 만난' 사람이
'아무나 만나봐' 라고 해.

Bag에 대한 짧은 단상 1.

'여자가 남자에게 들어달라고 부탁할 수 있는
유일한 Bag은 장바구니뿐이다.'

그 외의 다른 어떤 Bag도
맡기는 여자나 들어주는 남자나

둘 다 내 시선에선 멋져 보이지 않는다.

스타일과 함께 매치한 Bag이라면
Bag도 스타일의 일부이니
남자한테 넘기면 안 되는 것이고.

남자가 들어줄 걸 알고 있으면서
커다란 Bag을 들고 나왔다면
그 여자는 센스 없는 여자다.

Bag에 대한 짧은 단상 2.

작년에 유행한 Bag을 할인된 가격에 사느니
고가라도 10년이상 꾸준한 스타일의 Bag을
중고로 사자.

10년을 버텨온데에는 다 이유가 있다.

난 하고 싶은 일만 하고 살 거야.

사람이 어떻게 하고 싶은 일만 하고 사냐?
하기 싫은 일도 어쩔 수 없이 해야 되는 거지..

그러니까...

어차피 해야 할 일이라면,
하기 싫은 일도 '하고 싶다'는 마음으로 한다고

'하기 싫다' 라는 마음보단
'하고 싶다' 라는 마음이
삶을 살아가는 데는 더 유용한 팁 같다.

맛보다는 멋이 판치는 레시피 블로그 세상
어차피 맛은 보여줄 수 없으니
차라리 멋을 보여줘.

눈안에만 들면 다 이뤄지는 사이비 사이버 세상
그안에서 that girl들은 댓글을 적어줘.

내 콧대가 하늘은 못 찔러도
네 콧대쯤을 한 번에 찌르지

나와 잘 맞는 사람을 계속 만나고 싶다면,
스스로도 타인에게 맞는 사람이 되도록
노력하면 된다.

네가 방금 마시고 남긴 커피잔에
그대로 남아있는 너의 입술 자국.

가만히 그 자국에 내 입술을 대어본다.

너 떠난 지 한참인데도,
한 모금 넘어가는 커피는
여전히 뜨겁기만 하네.

식지 않은 나의 마음이
이 커피를 데웠나 보다.

성공이냐 실패냐를 따지고 있을 때가 아냐
일단 승률 50% 넘어가면 무조건 하는 거야

시도 조차 안 하면 승률 0%지만
시도라도 하면 승률 50%은 되는 거잖아.

'바쁘다', '시간이 없다' 라는 말은
핑계밖에 되지 않지만

'그럼에도 불구하고' 가 붙으면
성취가 된다.

좌절보다는 상실감이
더 크게 다가오는 거야.

남이 바뀌길 바라기보다는,
나 스스로 바뀌는 것이 가장 쉽다는 걸
내가 바뀌기 전까지는 알지 못한다.

욕은 작게 하고
칭찬은 크게 하는 게
제 맛.

삶은 누구에게나 똑같이 버거운 것이니
버거운 짐을 어떻게 지고 가는지가
삶의 의미다.

내가 가진 건 '나'라는 자산뿐.

자산관리 똑바로 하라는 나에게 쓴소리

책방의 시간

언제 올지 모르는 기약 없는
손님을 기다리는 시간은
참 지루한 시간입니다.

하지만 이제 곧 올 손님을 기다리는 시간은
참 설레는 시간입니다.

그 설렘을 간직하고 싶어요.

나는 좋은 사람들만 만나요.
나와 만난다는 건 최소 1명에게는
'당신은 좋은 사람이다' 라고
인정받는 셈입니다.

밥정과 우정은 비례한다.

개나 소나 다 할 순 있지만
개나 소나 다 잘할 순 없지

생각 좀 그만하고 행동하세요
우리 시간은 금보다 비싸요.

당신도 당신 자신을 사랑하지 않는데
어느 누가 당신을 사랑하겠어요.

옆으로 누워 자다가도
바로 눕게 만드는
팔자주름의 힘

상부상조
기브앤테이크
윈윈
이런관계 좋아.

한때의 이상형 1.

난 밥 차려주는 남자랑 결혼할래
물론 밥이랑 반찬은 내가 할께

한때의 이상형 2.

육식보다는 채식
나이키보다는 뉴발란스
클래식보다는 힙합
와인보다는 맥주

회사란 마음 터놓고 얘기할 수 있는
한 사람만 있어도 다닐만한 곳이다.

6시 퇴근인데 6시 5분에 퇴근하며
속으로 생각한다.

'아.. 오늘도 야근했네'

내가 잘 되는 게
회사가 잘 되는 길이고

회사가 잘 되는 게
내가 잘 되는 길

천근만근 같은 몸을 일으켜
사람 붐비는 지옥철을 타고
출근하는 종착지가
내 책상 모니터 앞이래도
뜨거운 모닝커피
목으로 넘기는 맛에 출근함.

면접자리

회사만 면접자를 면접하는 자리가 아니라
회사도 면접자에게 면접받는 자리.

왜 평가는 윗사람만 하나요?
아랫사람도 윗사람에 대한 기대는 있잖아요.

알면 알수록 별로인 사람은
사실 처음부터 별로였었다.

싼 맛에 먹고
싼 맛에 사고
싼 맛에 가고
싼 맛에 자고

다 즐겨하지 않습니다.

본질은 싼 게 아니라
먹고, 사고, 가고, 자고에 있어야 합니다.

그날의 바다

육지의 눈물
바다의 눈물

안도의 눈물
침통의 눈물

오늘은 모두 다 눈물바다

다양한 사람과 대화가 된다는 것은

상식의 정도이자,
관심의 결과이며,
아는 것과 이해하는 것의
결실이다.

결국, 이는 개인의 노력으로 일궈낸
그 사람이 가진 능력이다.

백마 탄 왕자님을 만난
신데렐라도 백설공주도
알고 보면 다들 귀족 이상의 신분이었다.

우리는 특별한 하루를 살 수 있는
기회와 의무가 있다.
평범한 하루를 살기보단
특별한 하루를 살자.

반말이 문제가 아니라
상대방을 대하는 태도의 문제로
받아들여야 한다.

좋아하는 걸 하는 게 뭐가 힘들어
뭘 좋아하는지 찾는 게 힘들지

돌아오는 이 길의 끝에
네가 서 있었으면 좋겠다.

우리 아이들을 위해서라도
좀 더 나은 세상과
건강한 삶과 깨끗한 환경을
물려줘야 할 의무가 있건만
너무 안일하게들 사시네요.

하고 싶은 일을 하려고
해야 할 일을 하고 있어.

내가 하기 싫은 건
남도 하기 싫은 거야.

하기 싫은 거, 남한테 떠넘기지 말자.

내가 좋아하는 행동을 많이 해주는 것만큼,
내가 싫어하는 행동을 하지 않는 것도 중요하다.

귀찮아서
아침에 시간이 없어서
화장을 안 하는 거라면
그건 게으른 사람이 맞다.
게으른 사람으로 비춰지기 싫으면
좀 더 그럴싸한 이유를 데라.

개천을 바꾸면 더 많은 용이 나올 수 있잖아.

지금 내 모습을 봐
그게 5년 후 내 모습이야.

억지로 누가 가르쳐서도 안 되고,
하루아침에 이뤄지지 않는
많은 것들 중 몇 가지를 꼽자면
품위, 안목, 센스 등이 있다.

사실 지금까지 나를 지탱해준 것은
긍정적인 사고나 낙천적인 성격보다는
'할 수 있다'는 자신감과
그걸 이뤄내기 위한 노력이었다.

나는 실패하지도 후회하지도 않는다.

잘되면 내덕
못되면 네탓 하는
사람보다

잘되도 내덕
못되도 내탓 하는
사람이 차라리 낫다.

인생 별거 있냐니
인생 별거 있어.

아는 만큼
경험한 만큼

말과 행동은 나오게 되어 있다.

소개팅을 하지 않은 여러 이유 중 하나
주선자의 안목을 믿지 못해서

내가 겪고 있는
이 불이익과 억울함은,
이전에 누군가가
묵인하고 지나쳤던 일이다.

나 역시 이를 묵인하고 지나친다면,
그 다음 차례는 내 가족, 내 친구,
그리고 내 자식이 될 것이다.

사람만 마주하고 살면 안 돼
자연도 마주해야 되고
동물도 마주하면서 살아야
제대로 사는 거야.

한 걸음 뒤에 떨어져 있으면서

내가 멀게만 느껴진데
다가오기 힘들데

난 항상 그 자리에 있는데.

기부를 통해 얻은 생각들

1. 로또는 일주일의 달콤한 꿈을 꾸게 해주지만
기부는 평생의 넉넉한 꿈을 꾸게 해준다.

2. 돈을 어디에 써야 하는지 알 수 있는 기회다.

3. 안 하는 것보다는 그래도 하는 게 낫다는
실행의 교훈을 알려준다.

4. 돈을 조금 더 벌고 싶다는 생각을 가끔 한다.

5. 내가 낸 기부금이 어디에 쓰이고 있는지
관심갖게 된다.

6. 이 땅엔 아직도 굶어죽는 사람이 많다.

7. 생명을 돕기 위해 내가 할 수 있는 최소한의
방법이다.

8. 더 많은 것을 느끼고 생각하게 해준다.

말 많은 사람들의
말의 반은 남 험담이며
남은 반은 자기자랑이더라.

사회의 구성원이면 누구나 지게 되는
사회적 책임이라는 게 있잖아.
그 책임, 지고 싶어졌어.

사람 좋게 좋게만 봐.
좋다 좋다 하면 좋은 거고
나쁘다 나쁘다 하면 나쁜 거야.

상대방의 단점 한개를 말하려거든
상대방의 장점 열개를 먼저 말하라.

매번 모든 사람들한테 잘할 순 없지.

근데 매번 같은 사람들한테 못하는 건 문제다.

말과 마음이 통하는 사람만 만나고 싶어졌고
약속과 만남이 쉬운 사람만 만나고 싶어졌다.
그렇지 않은 사람과의 만남을 이어가기엔
나의 시간은 너무 비싸다.

젊다는 건
나이가 어리거나
외모가 젊다는 게 아닌
생기가 있다는 것
열정이 있다는 것
이래서 내가 동안 소릴 듣지.

"남들도 다 그러고 살아"라는 말,
위로인 듯하면서도
위로가 아닌 그런 말이지.

따뜻한 아메리카노가 더 당길 때
시원한 맥주가 그립지 않을 때
비데 시트 온도를 높일 때

아.. 겨울이구나

말을 잘 하는 재능과
말을 잘 듣는 재능
둘 중 하나의 재능이
누구에게나 반드시 있다면
나는 어느 쪽의 재능을 더 발전시켜야 할까?

그래도 이 세상은,
지금보다 더 나은 삶을 꿈꾸고
부조리에 분노하며
변화를 일으키려 했던 사람들 덕분에
조금씩 더 나은 사회로 발전해 왔다.

내가 생각하는 센스란?

평소 가방을 왼쪽 어깨에 걸친다면
오른쪽 어깨에 걸치는 사람 옆에는 가급적
서지 않는 것.

지하철안에서

맛있는 사람

발행일. 2025년 1월 10일

글. 심선화
펴낸곳. 푸르르프레스
메일. topurrpress@gmail.com

ISBN. 979-11-990430-0-8 (00810)

값. 12,000원